파란심장

WWW.HEXAGONBOOK.COM

파란심장
지연리

2019년 10월 7일 초판 1쇄 발행

지은이 지연리
펴낸이 조동욱
기 획 조기수
펴낸곳 헥사곤 Hexagon Publishing Co.
등 록 제 2018-000011호 (2010. 7. 13)
주 소 경기도 성남시 분당구 성남대로 51, 270
전 화 010-7216-0058 | 010-3245-0008
팩 스 0303-3444-0089
이 메 일 joy@hexagonbook.com
웹사이트 www.hexagonbook.com

ⓒ 지연리 2019 Printed in Seoul, KOREA

　ISBN 979-11-89688-19-6　07810

* 이 책의 전부 혹은 일부를 재사용하려면 저자와 출판회사 헥사곤
　양측의 동의를 받아야 합니다.

이 도서의 국립중앙도서관 출판예정도서목록(CIP)은 서지정보유통지원
시스템 홈페이지(http://seoji.nl.go.kr)와 국가자료종합목록 구축시스템
(http://kolis-net.nl.go.kr)에서 이용하실 수 있습니다. (CIP제어번호 :
CIP2019038474)

파란심장

지연리

차례

서문

1. 분별
2. 결핍
3. 미망
4. 탐색
5. 포기
6. 대면
7. 수용

감사의 말

서문

먼 옛날, 먼 우주에, 파랗게 빛나는 별이 있었다.
그 별에는 생에 대한 의문으로 머리가 무거운 어린 영혼이 살 았다.

어느 날, 한 철학자가 그에게 말했다.
인생은 고해苦海라고.
어린 영혼은 철학자의 말을 믿지 않았다.

생의 강물을 따라 세상을 여행하며 그는 철학자의 말이 진실임을 알았다. 고통은 어디에나 존재했고, 그 누구도 고통으로부터 자유롭지 못했다. 그러나 이는 살아있음을 증명하는 또 다른 증인이었다.

어느덧 시간이 흘러 중년에 접어든 그는 상실을 통해 삶이 유한함을 알았다. 살아있는 모든 것은 죽음으로부터 영원히 자유로울 수 없었다.

어린 영혼은 눈을 뜨고 주변을 둘러보았다.
해가 떠오르며, 새들이 창밖 나무 위로 일제히 날아올랐다.

그는 자리에서 일어나 책상 앞으로 걸어갔다. 그리고 먼지 쌓인 노트를 펼쳤다. 삶이 들려주는 이야기를 받아 적기 위해서였다.

《태초에 어둠이 있었다.
어둠을 뚫고, 생명의 시작을 알리는 첫 번째 불이 켜지고,
이를 시작으로 수많은 별들이 태어나
잠들어 있던 우주의 밤을
새벽으로 이끌었다…….》

마지막 문장을 남겨두고 그는 생각했다.

누군가 놓아두고 잊은 듯 길가 무심히 피어난 꽃은 행인의 관심[*]을 끌기 위해 노력하지 않는다. 민들레는 한 철 노랗게 웃다 희게 부서짐을 두려워하지 않고, 수줍게 고개 숙인 제비꽃은 짙은 장미향을 부러워하지 않는다.
어둠이 없으면 빛이 존재하지 않듯이, 단단한 껍질을 깨고 땅속 어둠을 뚫고 나와. 다만 저 자신으로 피어있을 뿐이다.

---
[*] "아름다운 모든 것은 관심을 필요로 하지 않는다."
 영화 〈월터의 상상은 현실이 된다.〉

고치 속 애벌레
눈을 뜨고
나비 될 날을 꿈꾸네.
파란 날개 달고
하늘 높이 비상할
그날을.

1

분별

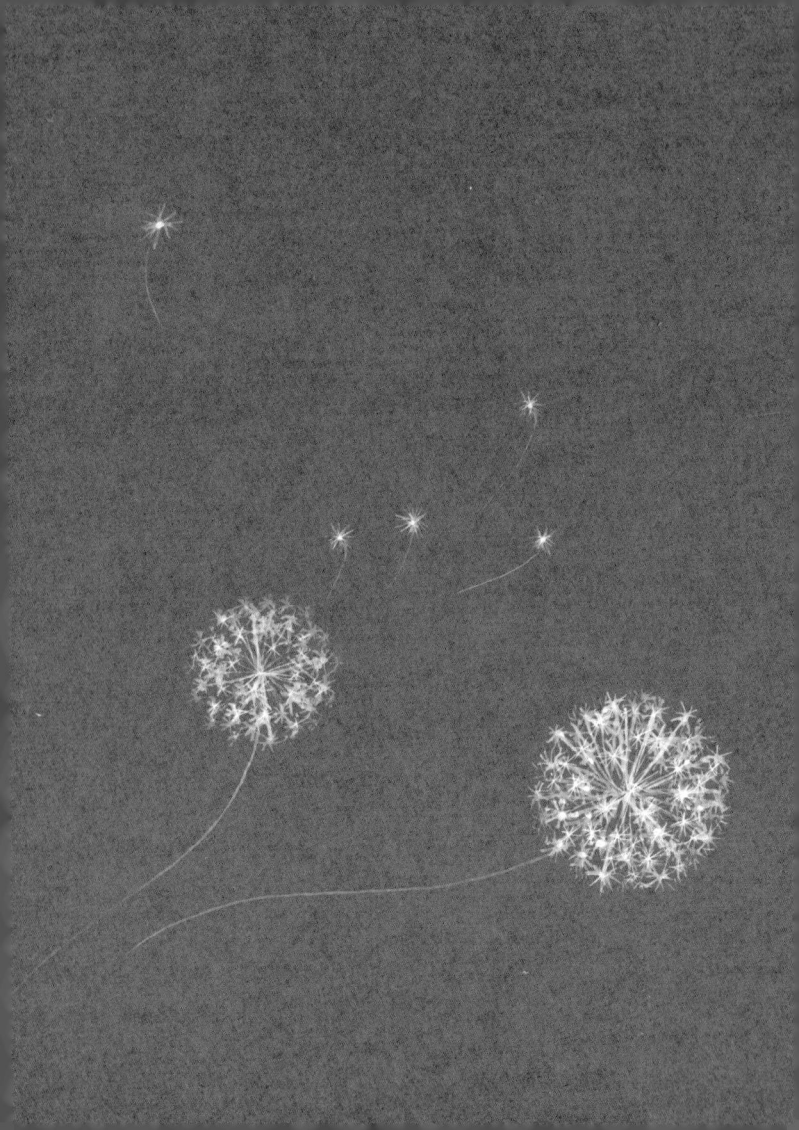

태초에 어둠이 있었다.

어둠을 뚫고,
생명의 시작을 알리는 첫 번째 불이 켜지고,
이를 시작으로 수많은 별들이 태어나
잠들어 있던 우주의 밤을 새벽으로 이끌었다.

그 시절 은하계 너머에는
작은별이라는 행성이 하나 있었다.

작은별은 만개한 꽃과
노래하며 바다로 흘러가는 강물,
새들의 지저귐이 끊이지 않는
매우 아름다운 별이었다.

작은별에는 지구인과
꼭 닮은 생명체가 살았다.
눈, 코, 입, 생김새에서 생활양식까지
그들과 우리 사이에는 큰 차이점이 없었다.

물론 다른 점이 전혀 없지는 않았다.
작은별 사람들은 우리처럼
붉고 따뜻한 심장을 갖고 있었지만,
심장을 가슴속에 숨기지 않고
머리 위에 얹고 다녔다.

그러나 꼭 한 사람,
예외적인 인물이 있었다.
그가 바로 이 이야기의 주인공인
파란심장 아가씨이다.

파란심장 아가씨는 다른 사람들처럼
심장을 머리 위에 얹고 다니지 못했다.
모두와 달리 파란색 심장을 가져서였다.

'아무도 나를 좋아하지 않을 거야.
심장이 파라니까.'
매일 아침 눈을 뜨며 그녀가 생각했다.

밤마다 악몽을 꾸기도 했다.
사람들의 멸시와 조소로
괴로워하는 꿈이었다.

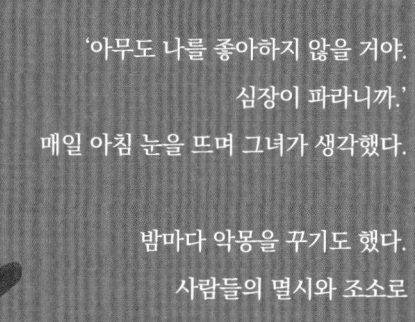

심장에 대한 수치심과
조롱당할지도 모른다는 두려움은
그녀로 하여금 외부와 차단된 삶을 살게 했다.

2

결핍

작은 별에는 두 개의 달이 있었다.
해마다 두 번, 두 개의 달이
동시에 가려지는 그믐이 찾아오면
파란심장 아가씨는 마을로 내려갔다.
그 이틀은 그녀가 스스로에게
외출을 허용한 유일한 시간이었다.

밤늦은 시각의 마을은 사막처럼 적막했다.
하지만 이따금 노란 불빛 속에서
사람들의 이야기소리가 들려올 때도 있었다.
그때마다 파란심장 아가씨는 창밖에 서서
집안에서 흘러나오는 소리에 귀를 기울였다.

그믐을 제외하고는 외출을 삼간 채,
늘 혼자 지내던 파란심장 아가씨는
때로 외로움을 느꼈다.
몸이 아픈 날이면 고독이 깊어졌고,
밤하늘의 별을 바라볼 때에도
함께 할 누군가가 그리웠다.

그러던 어느 날,
그녀에게 문득 한 가지 생각이 떠올랐다.
쌍둥이처럼 닮은 달 둘이
사이좋게 뜬 모습을 보고서였다.

'그래, 어쩌면 나처럼
파란 심장을 가진 사람이 또 있을지도 몰라!'

무의식중에 떠오른 이 생각은
그녀에게 희망이 되었고,
그믐의 외출은 친구 찾기라는
목적을 지니게 되었다.

긴 기다림을 뒤로하고 마침내 그믐이 찾아왔다.
그해 그믐은 비바람이 몰아치며
여느 때보다 어둠이 짙었다.
날씨가 궂었지만,
파란심장 아가씨는 아랑곳하지 않고
마을로 내려갔다.

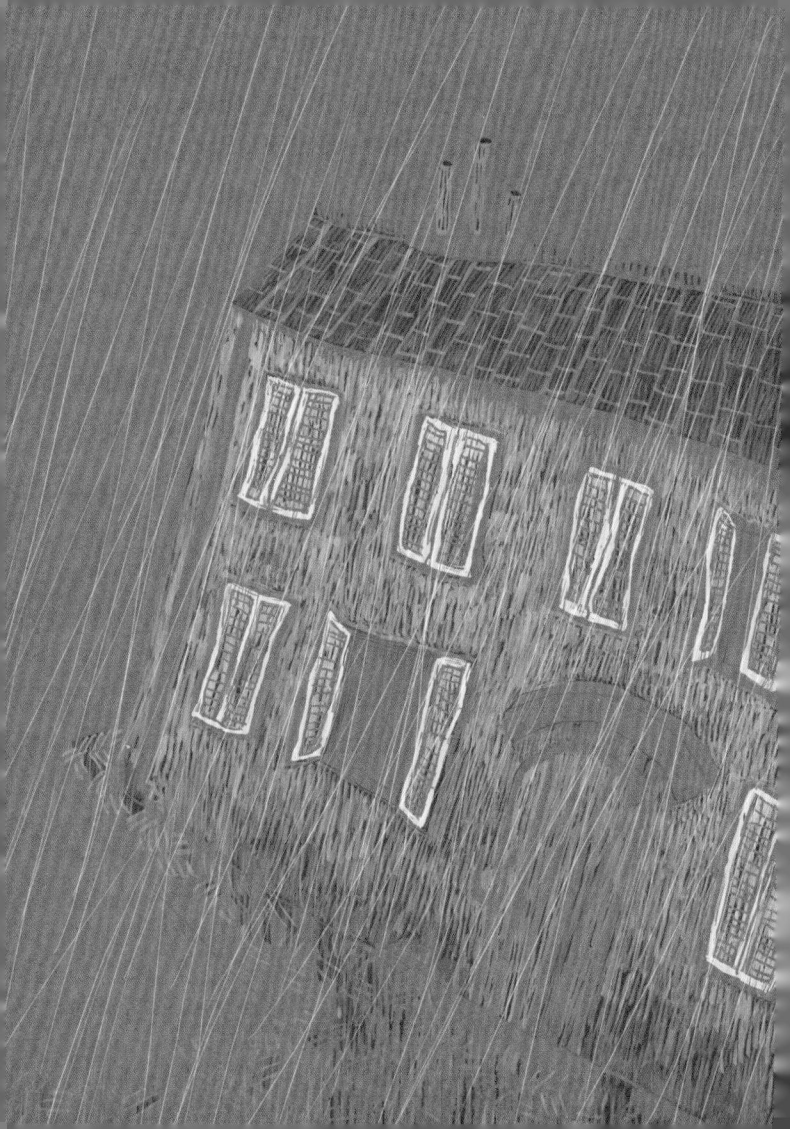

목적을 이루려는 열망으로
그녀는 평소보다 멀리까지 걸어갔다.
그러다가 그만 길을 잃고 거울산에 이르렀다.

거울산은 작은별 사람들이
생을 마감하기 전에
꼭 한번 방문하고 싶어 하는 성소였다.
수정 기둥이 모여 산을 이룬
장엄한 경관에 넋을 빼앗기지 않는 사람은 없었고,
장소가 지닌 신비로운 힘을
믿지 못하는 이도 없었다.

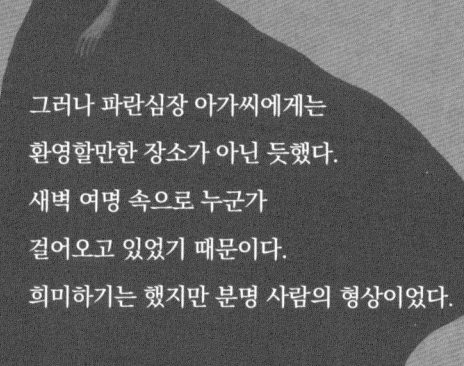

그러나 파란심장 아가씨에게는
환영할만한 장소가 아닌 듯했다.
새벽 여명 속으로 누군가
걸어오고 있었기 때문이다.
희미하기는 했지만 분명 사람의 형상이었다.

파란심장 아가씨는 두려움에 몸을 떨었다.
자칫하다가는 파란색 심장을 가진 사실이 발각될 수 있었다.

이성을 뒤엎고 사지를 마비시키는
이 두려움은 분명 형체가 없었지만,
그렇다고 힘이 약한 것은 아니었다.
오히려 그 반대였다.

그녀가 두려움에서 해방된 때는
자기처럼 파란 상대방의 심장이
시야에 들어온 순간이었다.
드디어 친구를 찾은 것일까?
파란심장 아가씨는 그렇게 믿었다.
그리고 활짝 웃으며 또 다른
파란심장 아가씨를 향해 달려갔다.

마침내 두 사람의 손이 맞닿았다.
그런데 예상 밖의 일이 벌어졌다.
뜻밖의 차고 딱딱한 감촉에 놀라
그녀가 손가락을 움츠렸다.

3
미망

해가 떠오르며 어둠에 가려 있던 풍경이
하나 둘 모습을 드러냈다.
아침이슬에 영롱하게 빛나는 나뭇잎과
습기를 머금고 다시 피어나는 낙화 사이로
거울산에 비친 파란심장 아가씨의 모습도 보였다.

모두가 바라는 성지에 와 있었지만,
그녀는 조금도 기쁘지 않았다.
친구라고 믿었던 존재가 수정에 투영된
자기 자신인 탓이었다.

"힘을 내 친구!"
꽃나무 가지 위에서 새가 말했다.

"아침은 늘 캄캄한 밤을 지나서 오잖아.
그렇지? 마찬가지야.
새로운 길은 언제나 길이 끝난 곳에서 시작돼.
벽에 부딪쳐도 괜찮아.
문을 내면 되니까."

아침새였다.
수수께끼 같은 말을 던진 뒤,
새는 남쪽을 향해 날아갔다.

아침새를 만난 이후,
파란심장 아가씨는 심장 색을
바꿀 방법을 연구했다.
붉은색 염료로 심장을 물들이고,
붉은색 실을 엮어 심장을
감쌀 주머니를 만들었다.
파란 심장을 가진 다른 누군가가
존재하지 않는다면,
이제 그녀가 바뀔 차례였다.

그러나 기대와 달리 결과가 좋지 못했다.
물감은 빗물에 씻겨 나갔고,
천으로 만든 주머니도
심장의 질감을 따르지 못했다.
모두 그녀가 원하는 것은 아니었다.
파란심장 아가씨는 낙담했다.

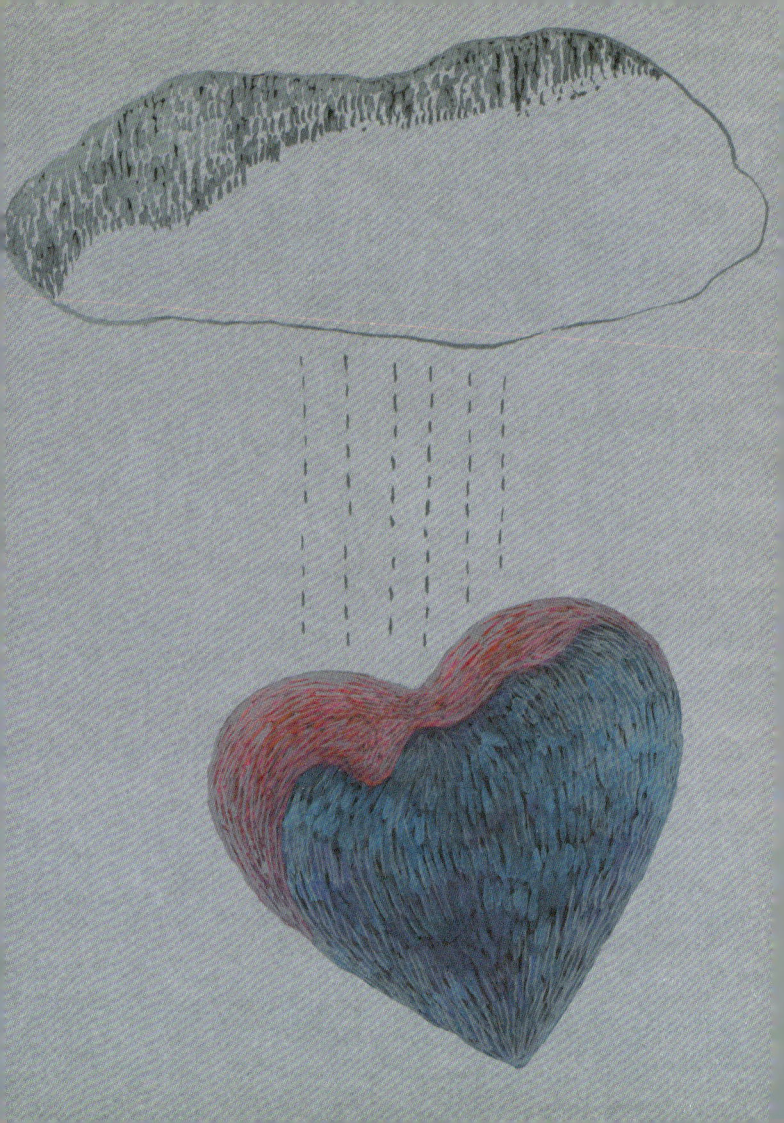

4

탐색

작은별에는 마법의 꽃에 관한
전설이 전해 내려오고 있었다.
꽃을 얻는 자는 소망을 이루고,
자신만의 신화를 완성한다는 오랜 이야기였다.

친구도 얻지 못하고 심장 색도
바꾸지 못한 파란심장 아가씨는
마법의 꽃을 찾기로 마음먹었다.
꽃이 어디에 있는지 몰랐지만,
어디든 가다보면 발견할 수 있을 것 같았다.

마법의 꽃을 찾아 떠난 여행은 고난의 연속이었다.
온몸이 가시나무에 긁히고,
갈라졌다 아물길 반복한 발에는 고름이 흘렀다.
길게 자란 머리카락에도
새들이 날아와 둥지를 틀었다.
그런데도 마법의 꽃은 어디에도 보이지 않았다.

파란심장 아가씨는 포기하고 싶었다.
이제 그만 집으로 돌아가고 싶었다.
그러나 되돌아가기에는 이미
너무 멀리 와 있는 듯했다.
집으로 가는 길도 기억나지 않았다.

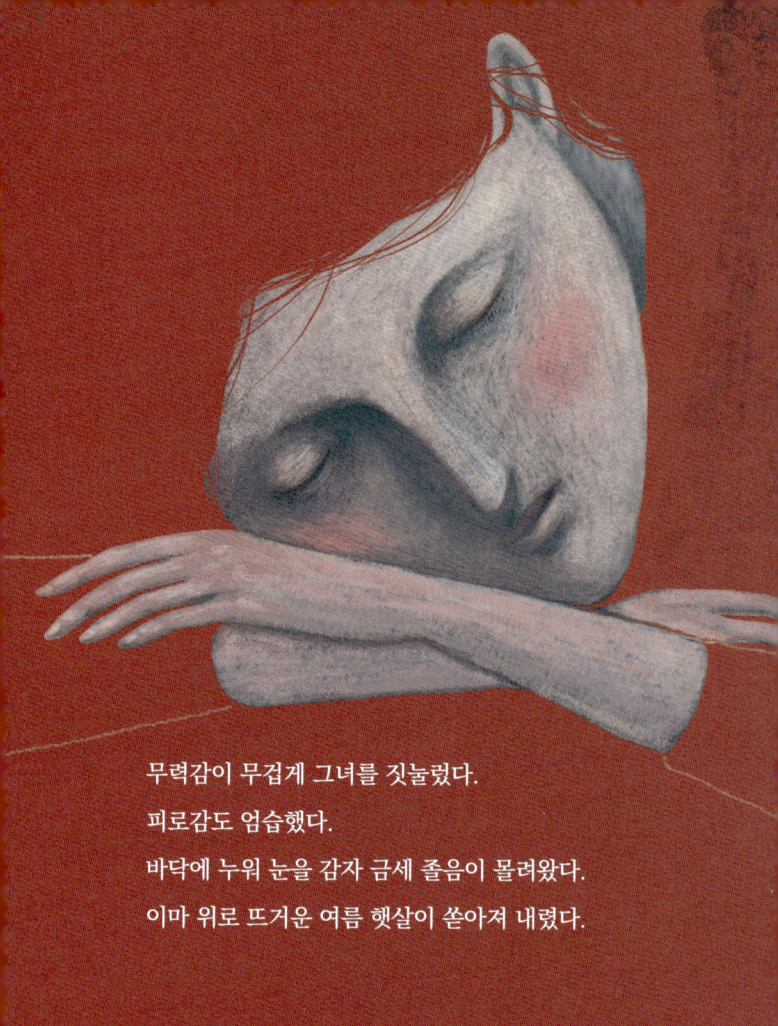

무력감이 무겁게 그녀를 짓눌렀다.
피로감도 엄습했다.
바닥에 누워 눈을 감자 금세 졸음이 몰려왔다.
이마 위로 뜨거운 여름 햇살이 쏟아져 내렸다.

"일어나."
누군가 어깨를 흔들었다.
파란심장 아가씨는 눈을 떴다.
"아, 내가 깜박 졸았나봐."
"헤헤, 누구나 너처럼 자는 동안은
자기가 자고 있다는 걸 모르지.
그런 건 깨어난 뒤에야 알 수 있으니까."
오후두시였다.

"그게 무슨 말이야?"
"일어나라는 말이었어. 시간이 없거든."
파란심장 아가씨의 물음에 오후두시가 대답했다.
"시간이 없다니…… 나는 시간이 많아."
오후두시의 말에 그녀는 고개를 흔들었다.
"시간이 많다고?"
오후두시가 깜짝 놀란 얼굴로 물었다.

"아냐, 지금은 오후 두 시이고,
오후두시에게는 오후 두 시밖에 없어.
너의 오후 두 시도 그래."
"무슨 말인지 모르겠어."
파란심장 아가씨는
오후두시의 말이 이해되지 않았다.

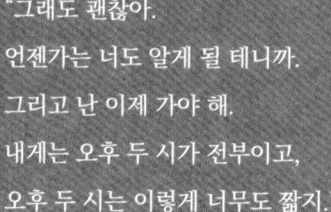

"그래도 괜찮아.
언젠가는 너도 알게 될 테니까.
그리고 난 이제 가야 해.
내게는 오후 두 시가 전부이고,
오후 두 시는 이렇게 너무도 짧지."

설명을 듣고 싶었지만
오후두시에게는 오후 두 시 외에는
정말로 다른 시간이 없어 보였다.

"어디로 가는 거야?"
뒤돌아서는 오후두시에게 그녀가 물었다.
"찰나이자 영원으로."
말을 마친 뒤,
오후두시가 그늘 속으로 사라졌다.

파란심장 아가씨는
마법의 꽃을 다시 찾기 시작했다.
집으로 가는 길도 기억나지 않고,
달리 할 일도 없어서였다.

포기

마법의 꽃을 찾아 떠도는 사이,
초목을 물들이며 가을이 북상을 시작했다.
붉게 물든 나뭇잎은 파란 심장 아가씨에게
심장 색을 바꾸려 한 지난 일을 떠오르게 했다.
꽃도 손에 넣지 못하고
실패한 기억까지 되살아나자
그녀는 심장이 참을 수 없이 미웠다.

가을이 깊어지며 심장에 대한
증오심은 우물처럼 깊어졌다.
설상가상으로 심장의 온기마저 사라졌다.

"파란 걸로는 모자란 거야?
그래서 이렇게 차가워진 거야?"
얼어붙은 심장에 대고 그녀가 소리쳤다.

거대한 불길이 지나간 듯,
가을은 그녀에게서 많은 것을 앗아갔다.
이어 혹독한 겨울이 시작되었다.
추위를 피하고 심장을 녹이기 위해
모닥불을 지폈지만, 소용없었다.
뜨거운 불길도 하얗게 언
심장과 몸을 녹이지는 못했다.

꽁꽁 언 몸으로 그녀는 산길을 배회했다.
마법의 꽃을 찾겠다는 마음은
발밑에서 부서지는 낙엽처럼 사라진 지 오래였다.

6

대면

눈이 내렸다 녹기를 반복하는 동안,
계절이 바뀌며 봄이 부드러운 흙 위로
연둣빛 새싹을 밀어 올렸다.
숲은 생기를 되찾고,
새들의 노래와 사람들의 웃음소리가
곳곳에 메아리쳤다.

파란심장 아가씨는 나무 뒤에 숨어서
춤추며 노래하는 사람들을 훔쳐보았다.
모두 행복해 보였다.

'나도 저들과 함께 웃을 수 있다면 얼마나 좋을까?'

그녀에게 행복은 불행의 부재를 의미했다.
웃으며 노래하는 사람들의 머리 위
붉은 심장이 그 증거였다.

씁쓸한 심정으로 발길을 돌리던 찰나였다.
누군가 인기척을 느끼고 소리쳤다.
"거기 누구요?"
일순간 노래가 멈추며
모두의 시선이 그녀에게로 향했다.
어른, 아이 할 것 없이 모두 놀란 표정이었다.

파란심장 아가씨는 사람들의
시선을 피해 도망쳤다.
한참을 달리자
깊숙한 골짜기가 나타났다.
맹수의 송곳니처럼
날카로운 자갈이 즐비한 곳이었다.

'그래……, 너만 없으면.'
발에 채는 자갈을 내려다보며
그녀가 생각했다.

파란심장 아가씨는 치마 속에
감춰두었던 심장을 꺼내 바닥에 내려놓았다.
그리고 뾰족한 돌을 집어 들었다.

잠시 후,
돌을 쥔 두 손이 대기를 가르며
심장을 향해 곤두박질쳤다.

7

수용

"미안해."
파란심장 아가씨는 바닥에
주저앉아 무릎을 꿇었다.
눈물이 두 뺨을 타고 심장 위로 떨어졌다.
심장을 관통한 상처에서는
피가 흐르고 있었다.
작은별의 다른 모든 사람처럼
붉고 따뜻한 피였다.

파란심장 아가씨는
상처 입은 심장을 가슴에 안았다.
순간, 꽁꽁 언 심장이 녹으며 온기가 돌아왔다.
놀라운 일이었다.
그런데 놀라움은 여기서 그치지 않았다.
심장에 난 상처에서 줄기가 돋아나
잎을 펼치더니 꽃대롱을 밀어 올리고
눈부시게 파란 꽃을 피웠다.

마법의 꽃이었다.

멀리서 새벽별 하나가 반짝였다.
아침이 밝는 신호였다.

새벽 여명을 뚫고 잠자던 풍경이
기지개를 펴며 하나 둘 깨어났다.
그 안에는 하늘을 향해 우뚝 솟은
거울산도 포함되어 있었다.
오래전 그녀가 길을 잃고 다다른 곳이었다.

"어둠은 빛을 지키는 문지기……,
밤이 없으면 아침은 오지 않아.
상처 없이 피는 꽃도 없지.
세상의 모든 꽃은
씨앗을 깨는 아픔을 딛고 피어나니까."
새벽별이 손을 흔들며 말했다.

파란심장 아가씨는 일어섰다.
집으로 돌아가기 위해서였다.
어느새 그녀의 머리 위에는
가을하늘보다도 더 파랗게
빛나는 심장이 놓여 있었다.

감사의 말

처음 파란심장 아가씨를 구상하고 글과 그림을 완성하기까지 15년이라는 세월이 흘렀다. 내 안의 파란심장 아가씨를 지켜보며 그녀의 파란 심장을 끌어안기에 필요한 시간이었다.
헥사곤 출판사 대표님의 묵묵한 응원과 책이 나오기까지 수고를 아끼지 않은 조동욱 편집장님, 그리고 생의 매 길목에서 거울산과 아침새, 오후두시, 새벽별로 등장해 길을 안내한 이들에게 감사의 마음을 전한다.